OLI PROCURA
UMA (NOVA) MELHOR AMIGA

JANAINA TOKITAKA

OLI PROCURA UMA (NOVA) MELHOR AMIGA

ILUSTRAÇÕES
FITS

SEGUINTE

Copyright do texto © 2021 by Janaina Tokitaka
Copyright das ilustrações © 2021 by FITS

O selo Seguinte pertence à Editora Schwarcz S.A.

Grafia atualizada segundo o Acordo Ortográfico da Língua Portuguesa de 1990,
que entrou em vigor no Brasil em 2009.

CAPA E PROJETO GRÁFICO Claudia Espínola de Carvalho
ILUSTRAÇÃO DE CAPA E MIOLO FITS
PREPARAÇÃO Paula Marconi de Lima
REVISÃO Bonie Santos e Luciane H. Gomide

Dados Internacionais de Catalogação na Publicação (CIP)
(Câmara Brasileira do Livro, SP, Brasil)

Tokitaka, Janaina
  Oli procura uma (nova) melhor amiga / Janaina Tokitaka ;
ilustração FITS. — 1ª ed. — São Paulo: Seguinte, 2021.

  ISBN 978-85-5534-169-4

  1. Amizade - Literatura infantojuvenil 2.Literatura infantojuvenil
I. FITS. II. Título.

21-72698   CDD-028.5

Índice para catálogo sistemático:
1. Amizade : Literatura infantojuvenil 028.5

Aline Graziele Benitez - Bibliotecária - CRB-1/3129

1ª reimpressão

Todos os direitos desta edição reservados à
EDITORA SCHWARCZ S.A.
Rua Bandeira Paulista, 702, cj. 32
04532-002 — São Paulo — SP
Telefone: (11) 3707-3500
www.seguinte.com.br
contato@seguinte.com.br

Para todas as minhas amigas.
Juntas, vamos conquistar o mundo.

1.

OLÍVIA & FAFÁ
PARA SEMPRE

Uma vez, eu andava tranquilamente entre as árvores do pátio da escola quando senti uma gosminha gelada na nuca. A gosminha começou a se contorcer, bem perto da minha gola, ameaçando entrar na minha camiseta. Juro por Deus — senti meu coração parando de bater aos poucos. Todo mundo sabe que eu morro de medo de lagarta. Foi uma experiência de quase morte sentir aqueles cotoquinhos melequentos fazendo cócegas no meu pescoço. Cócegas feitas por um demônio com minidedos de *slime*.

A Fafá deu uma olhada rápida pra minha cara, pegou um copo de plástico e um graveto, cutucou minha nuca e... alívio total: a tal gosminha foi embora para sempre.

— E... E... Era uma lagarta, né? — perguntei,

quase chorando. — Pode falar a verdade, Fafá. Eu aguento. — A Fafá encolheu os ombros e disse para eu não pensar mais naquilo. Foi logo mudando de assunto e me mostrou um vídeo de uma foca tocando saxofone no YouTube.

Ela nunca me contou se era ou não uma lagarta. TÁ BOM, eu sei que era. Não sou burra. Mas é por essas e outras que a Fafá é a minha melhor amiga e também a melhor pessoa de todo o universo.

Não gosto de ficar me achando, mas também sou uma ótima amiga. Anoto a lição de ciências para ela, porque sei que a Fafá acha difícil prestar atenção quando o professor fala muito e não escreve nada na lousa. Apresento um monte de k-dramas legais e sempre aviso quando o esmalte que ela gosta entra em promoção na farmácia do lado de casa.

E o melhor de tudo: a gente nunca briga. Nunquinha. Jamais. A gente compartilhou cem por cento dos perrengues da escola e também as coisas boas, do segundo ao sétimo ano. E é por isso que essas férias vão ser as piores da minha vida. Eu aguentaria um balde de lagartas grudentas no meu cabelo pra não ter que passar por isso.

Porque, ano que vem, a Fafá vai embora.

Não é nenhuma novidade — a gente sabia disso desde as férias de julho. A mãe da Fafá vivia insistindo para ela mudar de colégio e deixou bem claro que, quando o ano acabasse, ela ia sair do Presidente Vargas para fazer o oitavo em algum colégio fresco da zona sul.

Tem todo um discurso da mãe da Fafá sobre isso. Trocar de escola é importante pra mudar o seu ponto de vista sobre as coisas, porque a educação tem que ser poli... polivante?

Sei lá, mano, nunca entendo as coisas que a mãe da Fafá diz. Mas a mulher é mãe dela, e infelizmente a gente não tem muita escolha aos treze anos. Eu, por exemplo, nasci e vou morrer no Presidente Vargas, porque a minha mãe é a diretora e tenho bolsa vitalícia. Sabe o que quer dizer vitalícia? PARA SEMPRE.

Enfim. Bateu o sinal, geralmente o som mais belo que se pode escutar no nosso prédio feioso e azul. Todo mundo saiu correndo da sala.

Olhei para a Fafá. Ela estava apontando o lápis com um apontador elétrico, calmamente. Compramos juntas, na papelaria da Liberdade.

Era um dos nossos passeios preferidos. Ficava pertinho de casa, então minha mãe levava a gente numa boa. Enquanto ela passava três horas escolhendo temperos no mercadinho, a gente gastava o mesmo tempo na papelaria maravilhosa do lado do metrô.

Lá era simplesmente o paraíso das canetas coloridas, borrachinhas em forma de comida, estojos com personagens fofos e papéis de origami. Eu amava testar todas as canetas no bloco ao lado do caixa e conseguia ignorar completamente a cara feia que a dona da papelaria fazia nessas horas.

Um dia, enquanto eu admirava um grampeador em formato de filhote de foca, vi a Fafá, toda contente, levando uma coisa para o caixa. Era um... apontador elétrico. Supercaro. A Fafá realmente curte máquinas, equipamentos, montar móveis com instruções complicadas, sabe esse tipo de pessoa? Mesmo sabendo disso, confesso que achei meio estranho quando ela resolveu gastar a mesada inteira num apontador que, além de tudo, era meio barulhento. Mas, né, o dinheiro era dela.

Só que, naquele fim de semestre, vendo a cara de felicidade da Fafá com aquela pontinha bem fina de lápis, percebi que ia sentir muita falta daquele barulho irritante.

Fafá arrumou as coisas dela e a gente foi para a cantina comer um salgado. Sabe como é... tristeza dá fome.

*

— Oli, vai dar tudo certo. Escuta o que eu tô falando. Eu saio todo dia às cinco e te ligo na mesma hora. E sexta-feira... — A Fafá tentava me consolar enquanto fazia uma espécie de cirurgia na coxinha, dividindo-a em metades milimetricamente iguais. Eu fazia o mesmo trabalho árduo no meu rissole de queijo.

— Sexta é dia de *Lágrimas de sucesso* na minha casa — completei, sem pensar.

— Isso.

Lágrimas de sucesso é simplesmente o melhor k-drama da história. É uma novela coreana sobre uma CEO poderosa que tem tudo, mas está em busca de *muito mais*. É muito viciante, eu juro.

— Mas e o Deco?

O Deco é o namorado da Fafá. Ele até que é legal. Geralmente concorda com tudo que eu falo e não fica enchendo o saco, mandando um monte de mensagem e esse tipo de coisa de gente carente.

— Ele vai entender. Meu lance com o Deco é sem drama, Oli. A gente não é esse tipo de casal.

— É. Não mesmo.

Terminei de cortar meu rissole, sem desperdiçar nem uma gotinha de queijo. Com mãos de cirurgiã, juntei uma metade dele com uma metade da coxinha da Fafá — dois salgados perfeitamente unidos por uma argamassa de mostarda e ketchup, formando o lanche...

— Perfeito — Fafá observou.

— Né?

Mordi meu risinha, ou coxinhole, como preferirem. Cara. Se o mundo soubesse o potencial da minha amizade com Fafá, a gente seria, sei lá, presa pelo governo. É muita genialidade.

— Ah, hoje não vou poder ver *Lágrimas de sucesso*. É aniversário da minha mãe. Mas vai me contando o que acontece por mensagem, tá?

— Lógico.

— Tô indo, Oli. A gente se fala.

Fafá levantou e foi embora. Fiquei mastigando meu salgado e lutando contra minhas lágrimas de fracasso.

*

Sentada no sofá, chequei as horas mais uma vez. Três minutos para sair episódio novo do *Lágrimas de sucesso*.

— NOSSA, OLÍVIA, AINDA TÁ PASSANDO ESSA NOVELA QUE VOCÊ GOSTA?

Desculpa. Meu pai só fala gritando.

— É outra, pai.

— É TUDO IGUAL PRA MIM.

Meu pai foi rindo para o banheiro. Suspirei e olhei a tela do celular mais uma vez. Um minuto para as sete horas.

Naqueles sessenta segundos, minha cabeça começou a girar. Isso sempre acontece comigo. Quando estou nervosa, não consigo parar de pensar em determinada coisa, mesmo quando a tal coisa é horrível — é como se a minha cabeça simplesmente não me obedecesse.

O que eu ia fazer sem a Fafá? E se uma lagarta caísse na minha cabeça naquele exato momento? Quem ia me salvar? Me cobri inteira com o cobertor, fazendo uma cabaninha. Era a primeira vez que eu ia ver meu programa preferido sozinha. Hoje era o aniversário da mãe dela, semana que vem ia ser o da nova melhor amiga... E era isso. Eu estava condenada à solidão.

No escuro abafado do cobertor de flanela, a luzinha brilhante da tela do meu celular mostrou...

19h05.

Aaaaaaahhhhhhhh.

Liguei o computador correndo.

Kim Sung, a CEO de *Lágrimas de sucesso*, estava belíssima, sofrendo na tela do computador. Queria eu sofrer daquele jeito, com o cabelo esvoaçante e a pele sem poros. Aparentemente, sua sócia tinha se demitido, e Kim precisava encontrar a substituta perfeita.

Kim Sung, olhando para o infinito, sacou o celular, explicando para seu marido e secretário que "uma mulher prevenida não espera, faz". Cinco minutos depois, Kim estava disfarçada de astronauta, procurando uma nova sócia perfeita entre as cientistas do programa espacial da Coreia.

Eu resumi rapidinho tudo o que tinha acontecido para a Fafá, digitando freneticamente no celular. Mas uma coisa ficou martelando na minha cabeça. "Uma mulher prevenida não espera, faz."

Taí. Se eu ia perder minha melhor amiga, não podia me dar ao luxo de ficar esperando uma chuva de lagartas despencar sobre mim, certo? Só me restava procurar uma substituta perfeita a tempo. Eu que não ia sofrer calada. Não gosto de fazer papel de vítima. Era impossível impedir a Fafá de mudar de escola? Era. Mas eu ia fazer o que podia ser feito.

Mentalmente, fiquei pensando nas meninas do sétimo ano. Quase todas já tinham melhores amigas. Blé. Manuela... Sim. Júlia Carneiro... Júlia Fernandes... Sim e sim. Depois de muito pensar, escrevi uma lista no meu caderninho:

VALENTINA: A GÓTICA DO SÉTIMO B.
GOSTA DE: CHOCOLATE, SÉRIE DE TERROR, ESMALTE PRETO E MÚSICA TRISTE.

FERNANDA: A MENINA DOS CAVALOS DO SÉTIMO A.
GOSTA DE: CAVALOS.

NINA: CAPITÃ DO VÔLEI, TAMBÉM DO A.
GOSTA DE: MEIAS COLORIDAS E GRITAR COM AS OUTRAS MENINAS DO VÔLEI.

TÁBATA:

A Tábata era do A? Do B? Quem era a Tábata mesmo?

Cocei a cabeça com o lápis. Bom, eu tinha as férias para descobrir.

2.

OLÍVIA & ~~FAFÁ~~
VALENTINA PARA SEMPRE

Primeiro dia de férias. Se fosse ano passado, retrasado ou qualquer outro menos amaldiçoado do que esse, eu estaria plena, planejando o melhor programa de todos. Eu e a Fafá temos uma tradição de começar as férias indo ao cinema. A gente sempre escolhe um filme na bilheteria mesmo, sem saber nada sobre ele. Essa regra é sagrada. Foi assim que a gente acabou vendo um filme europeu sobre uma vaca, um filme inusitado de ET e uma comédia bizarra sobre uma mulher que se apaixona por ela mesma no passado.

Cheguei no shopping meia hora mais cedo e sentei no banco em frente ao cinema. Colado na minha cara, tinha um cartaz com um coelho branco me olhando e o título: *Preço de uma traição*.

Não sei por quê, mas aquela imagem despertou um sentimento horrível. Uma mistura de desânimo com ansiedade. A fila do cinema cada vez maior, o cheiro de pipoca velha, aquele coelho, tudo foi me dando uma espécie de faniquito. Será que era esse o sentimento de solidão e horror que ia me acompanhar quando a Fafá fosse embora?

Ah, não.

Minha cabeça ia entrar de novo em modo descontrole. Comecei a enumerar mais uma vez tudo que eu sabia sobre minhas candidatas a melhor amiga. Valentina. Fernanda. A Paula e a Ana... elas não tinham brigado? E a... não aguentei: precisava me distrair com alguma coisa. Peguei o celular e digitei na busca: preço de uma traição filme resenha completa. Era isso ou enlouquecer com as vozes da minha cabeça.

Respirei fundo. Não dava para voltar atrás depois disso, né? Meia hora depois, eu tinha lido TODAS as resenhas da internet sobre TODOS os filmes em cartaz.

Quando a Fafá chegou, eu me sentia suja, como se tivesse cometido um crime. Ela não percebeu nada. Olhou para o cartaz do coelho na minha frente.

— *Preço de uma traição*. É esse mesmo que a gente vai ver, né? Você sabe que eu amo coelho. E o título é supermisterioso!

Respirei fundo. Opa, e como eu sabia... Coelho era o bicho preferido dela.

— Mas... será que esse coelho não morre no final? Tá com cara de que morre, hein.

Fafá me olhou com uma cara esquisita.

— Gente. Mas pode ser que não, também, né? Vai, vamos ver o filme do coelho, olha como ele é fofo!

Ela apontou para o pôster com uma carinha sonhadora.

Não me aguentei.

— Ele não é fofo, ele é traidor!

Fafá me olhou desconfiada.

— Como... você... SABE?

Comecei a me embananar mais e mais.

— Ele é traidor, mas não se preocupa, ele morre no final! É o preço que ele... paga.

Fafá foi cerrando os olhos.

— Olívia Suzuki. Você por acaso leu sobre esse filme na internet?

Eu não ia dar o braço a torcer.

— NÃO! Não olhei nada! Só tenho uma intuição muito forte sobre ele.

— Aham, tá bom. Então se você não quer ver esse, a gente pode ver aquele ali, ó.

Ela apontou para um cartaz com a foto de um casal se beijando em um pedalinho. Esse filme, eu sabia, tinha feito um crítico de cinema botar fogo em um pedalinho na saída da sessão. Acho que ele foi preso por conta disso, inclusive. É verdade, eu li na internet! Tive que voltar atrás.

— Ahhh, mas você queria muito ver o do coelho, né? Vamos.

Compramos o ingresso e entramos.

✳

Dez minutos de filme e a Fafá já estava completamente horrorizada. No escuro, eu só via a cara de desespero dela, iluminada pela telona.

— OLÍVIA! Esse coelho é simplesmente o pior coelho! Será que ele vai matar a Sabrina?

Eu comia a pipoca desesperadamente para ocupar a boca e não contar todas as partes do filme para a Fafá. Já sabia que não, a Sabrina não morria no final, e que na próxima cena não ia acontecer absolutamente nada. Tava lá na página do filme na Wikipédia. Então aproveitei para ir fazer xixi.

— Licença, Fafá. Já volto.

Entrei correndo no banheiro mais perto da sala. Quando saí da cabine, fui lavar as mãos, olhei pro lado e vi... a Valentina!

A Valentina era minha candidata número um a próxima melhor amiga. Cara, qual a chance? Quando essas coisas acontecem, a gente tem que aproveitar. É o que a CEO de *Lágrimas de sucesso* diria: "Um centavo aplicado com o coração rende mais de um bilhão". Era isso? Não sei, quando a Kim Sung falava, essas coisas faziam mais sentido. Que mulher. Então me enchi de coragem e tentei puxar papo na hora.

— E aí... Valentina... Hã... Cineminha, né?

A Valentina me olhou por debaixo do capuz do moletom preto que ela usa sempre, mesmo com um sol de quarenta graus.

— Eu não te conheço.

— Mano, lógico que conhece. A gente estuda no Vargas juntas desde o segundo ano.

A Valentina deu de ombros e fez uma cara supergótica e sombria.

— Sim. E não te conheço mesmo assim.

Nossa, essa doeu.

Eu não tinha muito tempo. Ela já estava secando as mãos naquelas máquinas esquisitas. Eu precisava chamar a atenção dela de algum jeito. Ainda bem que aquele negócio demorava uma eternidade só para secar duas mãos molhadas. Deu tempo de ter uma ideia. Fiz uma cara bem blasé.

— Você veio ver que filme, Valentina?

Ainda balançando as mãos, ela respondeu, meio sem prestar atenção:

— *Chuva de sangue.*

AHÁ. Eu tinha lido a resenha do *Chuva de sangue* cinco minutos antes. Bingo.

— O novo do... Milo Arino?

Rezei para ter pronunciado o nome certo. Valentina tirou as mãos do secador na mesma hora.

— Cê conhece ele?

Valeu, internet!

— Mas é claro! Quem não conhece, né? É meu diretor preferido.

— O meu também! É a terceira vez que tô vendo o *Chuva*!

— É? Acho até pouco. A minha é a quinta.

A Valentina me olhou com uma expressão de respeito.

— Uau. Então... Vamos voltar lá?

— Opa. Não quero perder a cena da piscina.

Segui a Valentina até a sala, rezando para ninguém me atormentar com lugar marcado nem nada.

— Vou sentar do seu lado pra gente dividir a experiência de cincma, tá? Meu outro lugar era melhor, mas posso fazer esse sacrifício.

Eu menti para Valentina — e não foi pouco. Morro de medo de filme de terror. Cubro os olhos até no trailer. Choro só de ler a resenha. Infelizmente, sou esse tipo de pessoa. O título *Chuva de sangue* era realmente adequado e acho que disfarcei bem meu pânico. O que fiz foi paralisar todos os músculos da minha cara, ao mesmo tempo que tentava desfocar o olhar para não ver o que acontecia na tela gigante bem na minha frente. Enquanto isso, a Valentina saboreava uma barra de chocolate meio amargo com a tranquilidade de quem assiste a um desenho infantil.

— Você se concentra pra valer nos filmes, né, Olívia?

Eu balancei a cabeça de leve e esbocei um sorrisinho. Comecei a pensar na Fafá, vendo o filme sozinha na sala ao lado. Que desculpa eu ia dar para ela? Cutuquei a Valentina.

— Escuta. Tô com dor de barriga. Vou ter que sair, foi mal.

A Valentina pareceu se compadecer da minha situação.

— Pô, que droga. Se quiser a gente pode ver os primeiros da trilogia lá em casa, mais tarde.

— Fechou. Você mora onde?

— No condomínio Ipê Rosa.

— Do lado de casa. Umas seis eu passo lá.

Saí correndo e entrei na minha sala, bem a tempo de ver o coelho pagar seu preço. Argh.

∗

Na saída do cinema, a Fafá não se conformava.

— Bem que você falou que ele ia morrer no final.

— É. Minha intuição não falha.

— Mas sabe que nem achei ruim?

— Cara, pior que não é, né?

A gente chegou na porta.

— Quer ir pra minha casa? Consegui baixar o jogo que você queria.

Olhei o relógio. Vinte para as seis.

— Ah, foi mal, Fafá. Tô com dor de barriga. Acho que vou pra minha mesmo.

— Certeza? Você pode passar mal lá em casa à vontade. Não é como se nunca tivesse acontecido, né...

— Não, valeu. Quero ir para casa mesmo.

Fafá deu de ombros, mas percebi que estava um pouco chateada. Fiquei me sentindo supermal e culpada. Odeio mentir para a Fafá. Mas quem mandou ela me abandonar à minha própria sorte? Eu precisava me virar — agora era cada uma por si.

*

Cheguei na casa da Valentina pontualmente às seis da tarde. Será que pontualidade era coisa de gótico? Será que essa amizade já ia começar mal?

Acho que não, porque a própria Valentina abriu a porta parecendo até ansiosa. Espiei a parte de dentro da casa. UAU. Fiquei um pouquinho intimidada. A casa da Valentina era totalmente diferente do que eu esperava. Megagigante, toda chique e completamente branca, com um tapete felpudo no meio da sala e uns móveis de madeira bonitos e meio tortos.

Limpei meus tênis sujos da melhor maneira que consegui no capacho da porta e apontei para uma TV gigante no meio da sala.

— É aí que a gente vai ver os filmes?

A Valentina sacudiu a cabeça.

— Ah, não... Vamos no meu quarto. A gente vê do meu celular, mesmo.

Entrei no quarto da Valentina, que ficava no fim do maior corredor que eu já cruzei na vida. Tinha estátuas de mármore decorando. Quem decora um corredor? Pelo jeito, os pais da Valentina.

Já o quarto dela era exatamente o que eu esperava. As paredes eram quase todas pretas, menos uma parte ao redor do batente da porta onde a tinta terminava do nada, com umas marcas de pincel. Ali, dava para ver a cor antiga, um rosa-bebê bem nada a ver com ela.

— Da hora o seu quarto.

Eu achei da hora mesmo.

— Valeu. Eu mesma que pintei. Não tá terminado ainda, mas um dia chego lá.

Ela parecia bem orgulhosa do trabalho. Enfiou a mão no bolso do moletom e pescou um celular.

— E aí, *Banho de sangue* ou *Pérolas de sangue*? No *Banho de sangue* tem aquela aparição grotesca no corredor, que eu amo, e no *Pérolas* tem a cena clássica do espírito debaixo do cobertor. Pode escolher.

— Hããã...

— Escolha difícil, eu sei.

Ô se era. Ficar traumatizada com corredores ou cobertas pelo resto da vida? O que era menos pior?

Passei os olhos pelo quarto dela, meio fascinada. Tinha várias prateleiras com bonequinhos de filme, pôsteres nas paredes e uns desenhos feitos por ela mesma, acho. Bem bons, aliás, com sombreado certinho e tudo.

Na escrivaninha, vi uma caixinha bonita e meio aberta. A tampa tinha um olho prateado desenhado e umas letras em volta. Parecia um tipo de jogo de tabuleiro. Poxa, eu realmente não estava a fim de ficar traumatizada com mais filmes de terror. Será que não dava para achar outra saída? Apontei para o tabuleiro como quem não quer nada. Era tão fofo, cheio de desenhos brilhantes e tal. Parecia um joguinho divertido. Quem sabe ela não desistia da ideia de ver filmes feitos com o único propósito de causar pesadelos e traumas em pessoas inocentes e topava uma atividade mais relaxante? Valia a pena tentar.

— A gente podia jogar isso aqui, né?

A Valentina me olhou com a mesmíssima expressão respeitosa que ela tinha feito no banheiro do shopping.

— Cê é muito dark, Olívia.

Eu que não ia negar.

— Opa. Aqui é darkzera.

Ela pegou o tabuleiro.

— Tá. Eu mesma ainda não tive coragem de jogar sozinha. Sabe como é, né, falar com os mortos e tal, meio barra. Mas, enfim, se você está a fim de tentar, por que não, né?

Eita.

— Hã... Falar com QUEM? Peraí, Valentina...

Eu tentei voltar atrás, mas ela foi logo botando o negócio no chão, acendendo uma vela e apagando todas as luzes. Socorro. Tarde demais. Ela se ajoelhou ao lado do tabuleiro e mandou eu fazer a mesma coisa. Sentei, meio sem jeito, e Valentina mostrou uma flechinha no centro do tabuleiro.

— A flecha vai apontar para uma sequência de letras. E essa vai ser a mensagem dos mortos.

Respirei fundo.

— Aham... Mas... E aí?

A Valentina me lançou um olhar intenso.

— Sei lá. Vamos descobrir juntas. Vai. Sua vez.

Botei a mão em cima da flechinha, sem nem respirar de tanto medo. Valentina bateu palmas.

— Tá mexendo! Aí, Olívia! Você é a maior bruxona!

LÓGICO que estava mexendo. Eu estava tremendo dos pés à cabeça.

Valentina seguiu a direção da flecha, empolgada.

— T... Acho que é T... Certeza. T... R... A? O... C? ... X? A... O... Trao... cão?

Eu levantei, branca, na mesma hora.

— É TRAIÇÃO! TRAIÇÃO! ELES SABEM QUE EU TÔ TRAINDO A FAFÁ! NÃO DÁ PRA ENGANAR OS MORTOS! AHHH!

Valentina não parecia muito convencida.

— Certeza que não é trouxão? Que morto folgado. Trouxão é você, seu fantasminha!

Eu saí correndo com a maior rapidez que minhas pernas moles me permitiam. Passei voando pelo corredor que não acabava nunca.

POR QUE eu tinha feito isso? POR QUÊ?

Estava quase na porta de saída quando ouvi a voz da Valentina do outro lado da casa.

— Olívia? Aonde você vai?

— DESCULPA, Valentina! Não vai dar!

Bati a porta, rezando para não ter quebrado nada muito caro no caminho, e me mandei para casa.

✳

Cheguei em casa muito mal. Botei a mão na barriga.

— CREDO, FILHA! QUE ACONTECEU?

Meu pai veio correndo me acudir quando viu meu estado.

— Dor de barriga!

Corri para o banheiro.

— FOI ALGUMA COISA QUE VOCÊ COMEU, FILHA?

Ele gritou, preocupado, do lado de fora. Eu respondi, berrando de volta:

— NÃO! É O PREÇO DA MINHA TRAIÇÃO!!

É. Eu merecia um castigo pior que o do coelho.

3.

OLÍVIA & ~~FAFÁ~~ ~~VALENTINA~~
FERNANDA PARA SEMPRE

No dia seguinte, acordei me sentindo um lixo. Dormi mal, tive um monte de pesadelos com coelhos, mas pelo menos a dor de barriga era coisa do passado. Me revirei na cama. Meu celular apitou. Era a Fafá: Feira de adoção hoje, né? Não esqueceeee! A mensagem era essa e mais uns emojis de gato, cachorro, peixe, jacaré e coração, seguido por um coelho, uma faca e um emoji chorando. Vai ver coelho não era mais o bicho preferido dela, depois do filme de ontem.

A Fafá implorava para ter um animal de estimação desde que a gente se conheceu, ou seja, desde sempre. A mãe dela sempre dizia que "um dia" ia deixar, quando a Fafá fosse maior, tivesse responsabilidade para cuidar do bichinho sozinha e tal. Eu achava que era só papinho, mas não é que semana passada ela finalmente aceitou? Se você me perguntar a razão dessa mudança súbita, vou te dizer que acho que ela estava tentando comprar o amor da própria filha. É cruel da minha parte? Sim. Mas esse presente tinha todo o jeito de ser um tipo de compensação peluda, um pagamento por ter obrigado a Fafá a mudar de escola. Mas enfim, o que eu sei, não é mesmo? Da parte que me toca, eu queria muito ajudar a Fafá a escolher o bicho mais incrível de todos. Ela merecia. Além do mais, eu estava me sentindo culpada pela mancada do dia anterior. Era o mínimo que podia fazer.

Me preparei para sair. A mãe da Fafá, Inês, ia dar carona pra gente, e o Deco ia junto. Era realmente um dia especial para a Fafá.

No carro, a gente começou a pensar sobre as possibilidades. O Deco foi o primeiro a opinar:

— Você deveria adotar um papagaio. Eles são demais.

É verdade que o Deco vinha sempre com umas ideias estranhas, mas eu até conseguia entender o apelo de um papagaio. Concordei com ele.

— Pode crer, Deco. Papagaios são mó inteligentes, né?! E vivem uns oitenta anos, dizem.

Deco fez que não.

— Cara, nem é por isso. É que eles são as únicas aves que comem com o pé. Não é DEMAIS? É o melhor bicho!

Então tá, né...

— Filha, pensa bem na hora de escolher o seu bichinho, viu? Se ele viver oitenta anos, você vai ter que passar oitenta anos cuidando dele.

A mãe da Fafá tinha razão. Mas a Fafá mesmo nem ligou.

— Pode deixar, mãe. Não quero papagaio, não.

Deco ficou decepcionado.

— Ahh.

Eu também tinha feito minha própria busca. Adoro pesquisar sobre animais. Sou boa nisso. Gosto de todos, menos de lagarta.

— Ó, Fafá. Pensei bastante e acho que você deveria escolher uma chinchila. É quase um coelho, mas vive mais e é bem fofa.

Deco me olhou com uma cara interessada.

— Concordo com ela.

Viu só?! Não falei que ele sempre concorda comigo? A Fafá também pareceu curtir a ideia.

— É? Amiga, você não tá errada.

— Eu sei. E não é caro de cuidar.

A mãe da Fafá pareceu feliz com essa última informação e... Nesse meio-tempo chegamos à feira de adoção. Putz. O lugar era ENORME. Não era uma feirinha qualquer, mas um galpão imenso com todo tipo de coisa relacionada a animais. Demonstração de tosquia de ovelha, exposição de peixes marinhos; tinha até cavalos. Pelo menos a Fafá ia ter várias opções.

Achei que a Inês ia junto, porque ela não gostava muito que a gente andasse sozinha na multidão. Mas a Fafá tinha prometido ficar de olho no celular, avisar tudo e tomar cuidado, então ela decidiu esperar no carro. A mãe da Fafá tinha uma superalergia a gato e sabia que, se entrasse naquele galpão, ia passar o resto do dia fungando e tomando antialérgico.

Depois de uma hora na fila, a gente entrou no primeiro pavilhão: o de mamíferos. A Fafá não era o tipo de pessoa que gosta de peixe (tipo meu pai) nem de aves (tipo o Deco). Então, em algum lugar daquele imenso pavilhão, estava o animal perfeito para a minha melhor amiga. E a gente ia encontrá-lo, mesmo que demorasse a tarde toda.

Paramos em um estande de gatinhos. Socorro. Eu adoro gatos.

— Fafá do céu, olha esse aqui! Parece que ele tá de meiaaa!

Apontei para um minigatinho todo branco com as patinhas pretas.

— Ai. É fofo mesmo. Mas minha mãe vai morrer de alergia se eu levar ele.

Eu dei de ombros. Deco riu.

A gente olhou ao redor. Fafá parecia preocupada.

— Ai, Oli. Esse lugar é gigante. A gente não vai conseguir ver tudo.

A fixação da Fafá por "ver tudo antes de escolher" é famosa. É por isso que o único programa que a gente evita é sair para fazer compras. Só o Deco tem paciência para isso. Bem no meio da indecisão da Fafá, meu celular tocou. Eu atendi, sem pensar muito no que estava fazendo. GRANDE ERRO.

— Alô?

— Cara, por que que você saiu correndo ontem à noite?

Era a Valentina! Desliguei o celular também sem pensar e guardei na mochila de qualquer jeito. Fafá desconfiou — ela sabe muito bem que só meus pais me ligam, e eu não ia desligar na cara deles assim, sem mais nem menos.

— Quem era, Oli?

— Telemarketing.

Minha mochila não parava de vibrar. Eu tinha que me afastar deles de algum jeito e resolver aquilo.

—Tá. Vamos fazer assim. Eu olho a ala azul e vocês olham a verde. Daí a gente se encontra na vermelha e decide. Prometo que tiro foto de todos os bichos bons.

Fafá aceitou e lá fui eu com a minha missão, de mochila tremelicando e tudo.

Eu tinha visto muitos bichos? Tinha. Mas tinha visto todos? Não. Isso fazia toda a diferença. É matemática pura. Tinha ali uns trinta por cento de chance de eu estar perdendo a minha alma gêmea peluda. Suspirei, olhando para um hamster.

— Deco, e esse aqui?

— Achei legal.

— Mas o de duas cores não é melhor?

— É melhor se você achar melhor.

Eu estava muito indecisa.

— Tá, mas o que você acha?

— Fafá, pra mim tá tudo certo. Fora papagaio, não tenho preferência.

O Deco é um ótimo namorado. Eu amo ele. Ele é fofo, engraçado, sempre presta atenção no que eu falo e sabe dançar street. Mas, se tem alguém meio sem noção, é ele. Uma vez eu fiz um bolo com sal em vez de açúcar, e ele comeu dois pedaços achando tudo ótimo. Às vezes esse jeitinho dele é até charmoso, mas tinha hora em que eu realmente precisava de alguém com mais critérios, sabe?

Ou seja: precisava muito da Oli.

Minha amiga andava esquisita demais. A gente REALMENTE precisava ter uma conversa séria. Tinha coisas muito importantes que eu queria dividir com ela, mas estava impossível! Primeiro aquela dor de barriga bizarra no cinema, agora esse sumiço do nada, pós-ligação misteriosa. Fazia HORAS que a doida estava sumida e sem atender o celular.

Sabe, eu não sou idiota. Pela primeira vez, a nossa relação estava meio estranha, e obviamente tinha a ver com toda a história de mudança de escola. Eu sou uma pessoa tranquilona. Não gosto de drama. Odeio brigar, odeio discutir, odeio DR, mas precisava confessar que estava ficando bem chateada. Cadê minha amiga para me ajudar, pô? Uma vez, beleza, mas duas?

Ainda irritada, voltei para o box três de roedores. Até parei na frente dos coelhos, por desencargo de consciência. Afinal, até outro dia, eles eram meus bichos preferidos. Mas, infelizmente, não dava para desver aquele filme, e a imagem que eu tinha do bicho nunca mais seria a mesma. O pelo branquinho e os olhos vermelhos tinham um quê de maligno mesmo. Abandonei de vez a ideia, não queria um bicho traidor. Porém, logo depois das gaiolas de coelhos e hamsters, eu vi um animal... absolutamente perfeito.

Pronto. Fui andando sem rumo até parar na ala dos animais de fazenda, longe o suficiente para conseguir lidar em paz com a Valentina. Respirei fundo, inalando aquele cheiro terroso de cocô de cavalo, e atendi o celular.

— Valen, depois a gente se fala. Eu tô ocupada.

— Rapidão, é meio urgente e...

Um cavalo relinchou.

— Onde você tá? Isso é um... cavalo?

— Em casa. É filme de terror. *Cavalgando no medo*.

— Nunca ouvi falar desse.

— É que é da Eslováquia, é muito obscuro, sabe? Preciso ir, te ligo depois, tchaaaaau.

Pronto. Ufa.

Olhei para o lado e descobri de onde vinha o relincho: um cavalo muito, mas muito lindo. Nossa, a crina dele brilhava mais do que o cabelo da CEO de *Lágrimas de sucesso*. Deletei a foto de um peixe meio esquisito e tirei foto do cavalo para a Fafá. Sei lá, vai que ela resolvia morar no campo algum dia.

Nesse momento, alguém cutucou meu ombro.

— A égua já tem dona, amiga. Não está à venda.

Era a Fernanda.

— Ahhh, tá. Pode deixar. É que ele é meio impressionante, né...

— ELA. É a minha Vênus de Fogo.

A voz da Fernanda mudou de tom quando ela falou o nome do bicho, ficou toda melosa e sonhadora. A Fernanda amava cavalos. Era uma coisa até bonita de ver, como na cabeça dela não tinha espaço para mais nada. Ela desenhava cavalos o dia inteiro: no verso das provas, no caderno, na agenda. Acho que a Fernanda tinha um monte de primas ou algo assim, e todo fim de semana elas iam para o sítio cuidar dos bichos em uma cidade pequena do interior.

— Bonito nome. Enfim, parabéns. Juro que acho que é o bicho mais bonito que eu já vi na vida.

A Fernanda fez uma cara orgulhosa.

— Você gosta de cavalo?

— AMO DEMAIS!

Cara, não era mentira.

Quer dizer, nunca odiei cavalos nem nada.

Não tenho nada contra... Acho?

A Fernanda se animou com a resposta.

— Então você quer me ajudar a dar um trato nela? Vai ser bem mais rápido em duas.

Bom, quanto tempo aquilo podia demorar? O cavalo (égua, desculpa!) parecia uma pérola, de tão brilhante. Vai que meu talento na vida era esse, e meu destino, uma linda amizade com a Fernanda, galopando nos montes verdes do sítio dela? Valia a pena investir aqueles minutinhos para descobrir.

— Tá. O que eu tenho que fazer?

Ela abriu um saco de lona gigante e despejou no chão aproximadamente duzentos acessórios para cuidar de cavalos: escovinhas, óleos, paninhos, lixas e sprays.

— É muito relaxante. Você vai adorar.

Ela pegou um alicate gigante e pôs na minha mão.

— Toma. Começa pelos cascos.

A Fernanda chegou perto da Vênus de Fogo e estalou a língua. Na mesma hora, a égua levantou a pata, e a minha potencial nova melhor amiga segurou o casco do bicho entre os joelhos. Era um movimento acrobático e impressionante. Eu nem entendi como ela fez aquilo.

Tentei imitar o som da Fernanda, mas o máximo que consegui foi cuspir um pouquinho de saliva no meu queixo. A Vênus virou a cabeça para mim.

Vocês já olharam bem dentro dos olhos de um cavalo? Dá uma sensação muito estranha. É tipo encarar um pato. É vazio e esquisito. Não dá para saber o que se passa na cabeça deles. Mas, se tivesse que adivinhar, eu diria que o bicho estava me julgando.

A Fernanda correu para me ajudar.

— Assim, ó. *Tsc-tsc.*

AI. Tentei prender a pata da Vênus, mas não rolou, e ela acabou chutando minha canela. Mano, amanhã esse negócio vai ficar roxo. E agora?

— Hum, ela tá com a castanha meio grande. Tem que lixar.

Acho que a Fernanda estava se referindo a um... uma... unha? Um tipo de unha que a Vênus ti-

-46-

nha perto do joelho. Joelho? Cara, cavalos são muito esquisitos.

Bom, eu lixei, sem ter a menor ideia do que tava fazendo. Uma hora terminei — ou desisti, não sei dizer. Mas a Fernanda tinha outros planos. Ela segurava dois potes pretos imensos, um em cada mão.

— Esmalte preto ou transparente?

Ah, não... Pintar a unha do cavalo era um pouco demais para mim.

— Então, Fernanda, foi bem legal e tudo, aprendi bastante com a experiência, mas agora eu tenho que ir, tudo bem?

Ela suspirou.

— Mas a gente ainda nem trançou a crina dela! Eu ia raspar de ladinho pra combinar com o meu cabelo e... Ai, tá bom, vai. Só me ajuda a dar comida pra ela, então.

A Fernanda apontou para uma caixa de madeira com umas verduras amontoadas. Peguei uns dois pés de repolho como quem não quer nada. Até que minha mão encostou em uma coisa mole e melequenta que... Se mexeu. Cometi o grande erro de olhar para ver o que era. Obviamente, uma lagarta. Bem verde, gorda e gigante.

Tudo foi ficando escuro e distante.

Quando abri os olhos, a mãe da Fernanda estava me abanando com um folheto sobre ração de cavalo.

— Menina, você apagou! Tem gente chamando seu nome no alto-falante!

Levantei e olhei meu celular: quinze chamadas não atendidas e cinquenta mensagens não visualizadas. Corri para o meio do pavilhão vermelho e vi a Fafá com a cara inchada de choro e uma gaiola coberta por um paninho. Até o Deco parecia preocupado, talvez pela primeira vez na vida.

— Aí, falei que ela estava viva!

Fafá correu na minha direção, gritando.

— Você é doida, Olívia? A gente quase chamou a polícia!

Eu não sabia nem por onde começar a explicar.

— Cara, eu passei mal! Juro!

A Fafá não estava comprando a minha desculpa.

— Aham. Sei. Dor de barriga de novo?

— Não, eu...

— Ai, tanto faz, Oli. Vamos embora, vai, que a minha mãe está esperando lá fora.

Puxei a manga da camiseta do Deco disfarçadamente.

— Que bicho ela escolheu, no fim das contas?

Ele levantou o paninho só um pouco. Encolhido no fundo da gaiola, todo enroladinho, estava um filhote de chinchila.

4.

OLÍVIA & ~~FAFÁ VALENTINA FERNANDA~~ NINA PARA SEMPRE

Botei dois saquinhos de chá na minha xícara e despejei água fervendo até a borda. Pinguei um pouco de mel e sentei na mesa da cozinha. Era semana de ficar na casa da minha mãe.

— Filha, você está bem?

Minha mãe, além de ser diretora da escola, ama cozinhar. Geralmente gosto bastante de passar a semana com ela, mas, dada a minha lista de problemas, nada estava me animando muito. Coisa que, pelo jeito, dava para perceber. Soltei um grunhido qualquer como resposta e olhei pela décima vez o celular. Fazia alguns dias que eu estava mandando áudios e mensagens para a Fafá e nada de ela me responder. Em compensação, as mensagens e chamadas não atendidas da Valentina só aumentavam. Das duas, uma: ou ela ia pedir explicações sobre meu comportamento esquisitinho, coisa que eu não estava em condições de dar naquele momento, ou ia, sei lá, falar sobre algum filme de terror, o que ia me deixar mil vezes mais nervosa. Ou seja, eu não precisava de nada disso, certo? Aquela amizade não tinha como ir para a frente mesmo, melhor guardar minha (pouca) energia social para melhorar minhas chances com as outras candidatas.

Cortei uma fatia de bolo e servi num prato. Meu celular apitou. Mensagem da Fafá! Quase deixei o aparelho cair no chão de tanta empolgação. A mensagem era curta:

Tá. Hoje, sete, na sua casa.

UFA, que alívio. Eu tinha uma única chance de resolver tudo. Naquele dia ia sair o último episódio da temporada de *Lágrimas de sucesso*. A gente tinha essa data marcada na agenda fazia um mês. O fato de eu ter dado duas mancadas seguidas com a Fafá não era desculpa para desmarcar o programa agora. *Lágrimas de sucesso* estava acima de qualquer coisa, incluindo brigas, divórcio dos pais e aniversários. Fiquei feliz e aliviada por ela ter percebido isso.

Dessa vez, nada podia dar errado. Só para ter certeza, resolvi dar uma checadinha no notebook da minha mãe. Apesar de ter máquina de café, batedeira chique e os melhores chás de todos, ela não dava a mínima para eletrônicos em geral. Então nossa TV nem ligava mais e o computador só servia para checar e-mail, se tanto. Eu tinha conseguido instalar o aplicativo de *streaming* a muito custo, suor e abas travadas, e não queria problemas justo naquele dia. Não dava para confiar em um notebook azul, de plástico e maior do que o assento de uma cadeira.

Mal apertei o botão para ligar, o negócio começou a esquentar, fez um barulho muito estranho e pifou. Sabia.

— Mãe! Você por acaso deixou o computador ligado desde a semana passada?

— Ai, Olívia, quando desligo, nunca sei se ele vai ligar de novo. Achei melhor prevenir.

Suspirei.

— Vou levar na assistência, tá?

— Você é um anjo. Pode comprar um daqueles negócios de celular lá que você gosta. Não demora e, por favor, olha para os dois lados antes de atravessar a rua.

Olha para os dois lados antes de atravessar a rua? Minha mãe acha que eu tenho o quê, sete anos? Mas beleza, eu sou meio avoada mesmo. Ela me deu o cartão e eu fui.

*

O estande de assistência técnica na galeria do outro lado da rua me dava saudades absurdas da Fafá. Aquele pequeno mundinho de cabos coloridos e carregadores de procedência duvidosa apaziguava a alma dela como nenhum outro lugar no mundo, e eu estava ficando triste só de olhar para a caixinha promocional de pen drives.

A dona já me conhecia fazia tempo. Eu achava a Lica o máximo. Era uma senhora chinesa de uns cinquenta anos, que tinha umas unhas muito loucas e consertava qualquer coisa que a gente desse na mão dela.

A Lica pegou o notebook com cuidado para examinar e reparei que dessa vez suas unhas estavam decoradas com ovos de páscoa e coelhos. Detalhe: a gente estava em dezembro.

— Queimou a placa de vídeo, Olívia. Vai ter que trocar.

— Que seja, tanto faz! É uma emergência.

— É meio caro, hein?

— Tudo bem. Sério mesmo.

Enquanto ela fazia o trabalho, comecei a olhar uns apoios de celular fofinhos no balcão, daqueles redondos que se cola na capinha. Tinha de gato, de lhama, com a cara de um cantor de k-pop... Foi então que vi uma pessoa, de relance, por trás de um apoio de celular de pônei. Era a Fernanda. Será que ela tinha me visto? Ahhh! Saí correndo e me escondi atrás de uma pilha de cabos quando ouvi uma voz meio grossa reclamando no balcão.

— Dá licença. Vai demorar isso aí?

Olhei para trás. Era a Nina: prodígio do vôlei e candidata número três à vaga de melhor amiga.

A Lica suspirou, encarando a carcaça aberta do notebook da minha mãe.

— Pior que vai.

Nina rosnou. Ela segurava uma tv com uma única mão, não sei como. A menina era forte!

— Mas é uma emergência!

Lica riu.

— Hoje estamos cheios de emergências, hein?

Nina botou a tv no chão.

— É isso. Vou perder a final de vôlei.

A cara dela era de extremo sofrimento, e me compadeci.

— Putz, Nina. É hoje a sua final?

— É. Às cinco. Fora que jogo da seleção feminina só passa no Sport Mais. Bando de machista, viu...

Pensei bem antes de falar qualquer coisa. Eu sei, minhas últimas abordagens tinham sido um desastre. Mas pensa comigo. Eu já tinha riscado a Valentina e a Fernanda da minha lista de possíveis novas melhores amigas. A coisa não tava muito boa para o meu lado. Será que eu podia me dar ao luxo de desperdiçar aquela oportunidade? Não, né?

— Escuta, Nina. A gente tem Sport Mais em casa. Dá para ver no computador. Quanto tempo dura uma partida de vôlei?

Ela me olhou como se eu tivesse feito uma pergunta muito idiota.

— Não é por tempo. É por *set*. Tem no máximo cinco e no mínimo três, e cada *set* tem que ter um número de pontos que...

Eu interrompi, apressada.

— Tudo bem, tudo bem, mas assim: mais ou menos quanto?

Nina fez uma pausa e pensou um pouquinho.

— Eu diria que uma hora e meia, hoje em dia. De duas não passa.

Bom, dava para arriscar com folga.

— Tá. Então faz assim. A gente vai pra minha casa e vê a final no meu computador, assim que a Lica arrumar tudo.

A cara da Nina se iluminou.

— Sério? Você faria isso por mim?

— Aham.

— DA HORA. FIRMEZA!

Ela socou meu ombro de um jeito amigável. A Lica me passou a máquina de cartão. Nem olhei direito o que estava fazendo. Só enfiei o cartão, digitei a senha e rezei pelo melhor.

✳

Umas horas depois, eu e a Nina lanchávamos na casa da minha mãe, que estava adorando a visita.

— Quer mais pão? Tem mais desse de nozes que você gostou.

Minha mãe estava muito feliz porque a Nina comia até mais do que eu. E minha mãe adora quando elogiam a comida dela.

— Sua mãe cozinha mó bem, cara. Olha esse patezinho. Tem flores nele. Eu queria morar aqui.

Minha mãe cozinha bem mesmo. De vez em quando eu acho que ela bota uns temperos esquisitos, mas preciso admitir que, quase sempre, a comida dela é bem melhor que a de um restaurante.

A gente ligou o computador e o time entrou em quadra. Nina grudou na tela.

— Eu não gosto da Michele. Ela sempre rebate baixo.

Uma coisa que eu tinha aprendido naquelas últimas duas tentativas frustradas de fazer amizade era que não valia a pena mentir. Melhor admitir que eu não sabia nada de vôlei e ver se aprendia alguma coisa.

— Como que é esse negócio de vôlei? Eu não entendo nada.

Nina pigarreou.

— Não? De boa. Ninguém nasce sabendo. É fácil. Presta atenção. O vôlei nasceu nos Estados Unidos, né? No século deze....

A Nina tinha um tom de voz calmo, e eu tinha comido muito pão com patê. Fechei os olhos só por um minutinho.

PÉÉÉÉ.

Acordei e dei um pulo do sofá. Minha mãe berrou da cozinha.

— Filha, a Fafá chegou!

— O QUÊ?

Olhei o relógio na tela do computador. Cinco para as sete. O jogo seguia, firme e forte. Virei para a Nina, apavorada.

— Você não disse que era uma hora e meia, duas no máximo?

— Geralmente não passa disso mesmo. Mas às vezes... FOI FALTA, MANO! Às vezes chega a duas e meia, até mais.

Já era. Eu ia morrer. A Fafá nunca mais ia olhar na minha cara. Pensei em sair pela janela, mas não ia dar tempo: lá estava a Fafá no meio da sala, com cara de quem não estava entendendo absolutamente nada, enquanto eu e a Nina assistíamos a um jogo de vôlei em um notebook.

— A... Nina vai ver *Lágrimas* com a gente?

Honestamente? Eu não tinha a menor ideia. Mas vai que, né?

— Não... Acho que não. Você quer ver novela coreana, Nina?

Nina nem registrou minha pergunta.

— AÊ, TIME! Mais dois pontos e encerra! VAI, MICHELE! Nunca critiquei, sempre apoiei!

A Fafá não estava para brincadeira. Chegou perto da tela e botou a mão no teclado, fechando a aba com o vôlei da Nina.

— Licença, Nina. Mas minha novela já vai começar.

Putz. Para quê...? Foi como se aquele gesto tivesse virado uma chavinha na cabeça da Nina. Eu vi

alguma coisa mudar nos olhos dela: foram ficando sérios, febris, raivosos. Ela levantou do sofá.

— Escuta aqui. É Fafá, né?

Fafá sacudiu a cabeça, concordando, completamente amedrontada pela intensidade da Nina.

— Pois saiba que eu e a Olímpia aqui...

Ela apontou para mim. Eu interrompi.

— Olívia.

Nina nem ligou.

— ENFIM. Eu e a Olívia, a gente estava vendo a final de vôlei. Se você acha que pode se intrometer no nosso programa e ligar sua novelinha só porque te deu vontade, cê tá MUITO ENGANADA. Entendeu? Fui clara? Vai respeitar?

Putz. Essa era a voz que a Nina usava para falar com o time de vôlei. Ela era capitã, e as meninas tremiam feito vara verde quando ouviam aquela voz. Agora eu entendia a razão. Elas estavam certíssimas.

Bem no meio daquele bafafá, minha mãe apareceu com um prato de biscoito numa das mãos e o telefone fixo na outra. (Sim, minha mãe é a última pessoa do universo a ter um telefone fixo.)

— Filha, telefone pra você. É a Valentina.

A Fafá olhou para mim, ofendida.

— Você tem tempo pra Nina, pra menina góti-ca, mas não tem UMA tarde pra ficar com a sua melhor amiga?

E levantou.

— BOM, se ninguém me chamou aqui, eu vou embora.

— Pode ir mesmo. Vaza. Vai.

Nina fez um gesto com a mão como quem espanta uma mosca. Eu assistia a briga das duas como se fosse um sonho que não tinha nada a ver comigo. Minha língua travou. Eu estava em completo pânico.

A Fafá me desafiou:

— Você não vai falar nada? É isso mesmo, então?

Nina me fuzilou com aquele olhar horrível.

— É, né, amiga?

E passou os braços ao redor dos meus ombros. Eu dei um sorrisinho nervoso para a Fafá. Foi a gota d'água. A Fafá, revoltada, foi direto para a porta. Eu consegui descongelar minha bunda do sofá e levantar. Nina deu de ombros e abriu a aba do vôlei de novo.

— Odeio drama. Me dá vontade de gorfar. Vai, BRASIL!

Eu saí desesperada atrás da minha melhor amiga.

— Espera, Fafá!

Ela se virou, e vi que estava chorando, mas tentava disfarçar.

— Olha, Oli, eu não sei o que tá acontecendo com você. Mas você sabe que esses dias são superimportantes pra mim. Eu vou mudar de colégio daqui a pouco e a gente combinou de passar as férias juntas. A gente fez mil planos, lembra? Mas você tá megaestranha! Todo dia inventando desculpa, fugindo de mim... O que tá rolando? Eu tô tentando conversar com você faz tempo!

Quer saber? Eu também não estava feliz. Aquilo não estava dando certo. Decidi botar tudo para fora. Tá, na real, não foi bem uma decisão: as palavras foram saindo por conta própria da minha boca, e eu não consegui impedir.

— Então beleza. Quer conversar? Vamos. Você acha que é tudo você, né? E eu? Você vai mudar de escola, me largar sozinha e ainda por cima tenho que fazer tudo que você quer? Eu tenho a minha vida, tá?

— Você acha que tá sendo fácil pra mim? Minha vida inteira vai mudar!

Eu bati o pé no chão.

— Então fala pra sua mãe que você não vai! Sério, Fafá, você não pode deixar ela controlar a sua vida inteira!

E foi aí que a Fafá falou a coisa que eu menos esperava ouvir na vida.

— Não foi ideia dela. Foi minha.

Meu mundo caiu.

— O QUÊ? Fala que você tá mentindo! Não pode ser verdade!

Fafá olhou para baixo, triste.

— Ai, Oli, eu não aguento mais minha vida sempre igual. Estou precisando mudar. Lá na escola nova vai ter um monte de coisa que eu gosto. E, sei lá, eu quero muito fazer novos... amigos.

Aquela última frase doeu muito. Bem fundo.

— Eu não sou o bastante pra você, Fafá? Por que não falou antes?

— Porque eu sabia que você ia reagir desse jeito!

A gente ficou se encarando em meio a um silêncio constrangedor. Senti alguém cutucar meu ombro.

— Licença.

Era a Nina com um tupperware cheio de pão com patê.

— Acabou o jogo. Brasil ganhou. Sua mãe me deu isso aqui. Falou, Olímpia, a gente se vê depois.

Eu fiquei olhando a porta enquanto a Fafá e a Nina desciam as escadas em silêncio. Nenhuma das duas tinha mais nada para fazer na minha casa, pelo jeito.

Fechei a porta. Minha cabeça rodava e minha barriga doía pela vigésima vez desde que as férias tinham começado.

Aquele dia não tinha como ficar pior.

Foi quando dei de cara com a minha mãe, sentada no sofá da sala, com uma cara muito séria.

— Olívia Suzuki. O que foi essa compra de dois mil reais na Lica Assistência Técnica que você passou no cartão de crédito?

Ah, lógico. Claro que tinha.

Ok, a ideia foi minha. FOI. Foi mesmo. Não vou negar. Agora posso me explicar melhor, antes de ser julgada?

Estava praticamente escrito em pedra que eu ia ter que sair do Vargas em algum momento no futuro. Então fui levando a vida, fingindo que esse momento nunca ia chegar. Só que minha mãe não parava de me pressionar. Todo fim de semestre era a mesma coisa: "Filha, quer ver o folhetinho dessa escola aqui? Olha, essa tem intercâmbio, hein? E essa aqui tem aulas de artes à tarde, olha que legal!". Chegou uma hora em que percebi que ia ter que lidar com a situação de mulher para mulher. Então, no começo do ano, sentei com a minha mãe, com a mesma calma da CEO de *Lágrimas de sucesso*, disposta a negociar com frieza e determinação.

— Ô mãe, o que eu preciso fazer pra você desistir de vez desse negócio de mudar de escola?

Ela me encarou com a postura de quem era mesmo chefe de um monte de gente, abriu a bolsa, tirou um papelzinho de dentro e me passou por cima da mesa. Para variar, um folheto.

— Quero que você vá visitar essa escola aqui. Só isso.

— Só visitar? E se eu não gostar? — perguntei, desconfiada.

— Daí não precisa mudar. Pode ficar no Vargas.

— Sério?

— Seriíssimo.

Cruzei os braços e fechei a cara.

— Eu não vou gostar, você sabe, né?

— Não sei, não. E nem você.

Peguei o folheto, amassei e joguei na lata do lixo sem ler. Fui dormir e me preparei para odiar tudinho naquela visita. É claro que nem comentei nada com a Oli. Afinal, nada ia mudar.

*

Na manhã seguinte, minha mãe me deixou lá na tal escola da zona sul. Quem me recebeu foi a coordenadora do oitavo ano, a Solange. E olha, odeio admitir, mas ela era PERFEITA. Tinha várias opiniões diferentes sobre o mundo e parecia interessada de verdade em saber quais matérias eu achava mais legais e no que eu tinha mais dificuldade. Eu até confessei, meio sem jeito, que não conseguia prestar atenção quando o professor falava por muitas horas seguidas sem anotar nada na lousa. Sabe o que ela disse? Que também era assim e que naquela escola eles tinham vários métodos para ajudar os alunos com esse "perfil de aprendizado".

Caramba, *perfil de aprendizado*? Eu achava que era só um problema que eu tinha!

Geralmente, quando a gente fala com um adulto, eles só fingem nos tratar de igual para igual. Mas aquela Solange parecia estar sendo bem honesta. Eu já estava um pouquinho balançada quando ela deu a cartada final, a coisa mais incrível de todas: aquela escola tinha um programa de robótica. ROBÓTICA. Eu nem sonhava em mexer em nada do tipo até a faculdade.

Putz. Será que eu tinha... gostado MUITO daquela escola? Sou bem ruim para tomar decisões, por isso fiquei surpresa comigo mesma quando entrei no carro e, antes da minha mãe dar a partida, falei, toda desajeitada, que não estava achando uma ideia tão ruim sair do Vargas. Ela apertou minha mão e não me pressionou mais.

Então era isso — estava decidido. Eu ia mudar de escola e a decisão tinha sido minha, sim. Na hora de fazer a matrícula, eu preenchi a ficha com tristeza, mas um pouquinho de empolgação.

Agora eu só tinha que... Contar para a Oli.

Olha, e eu tentei! Mesmo! Mas parecia que ela não queria escutar e passou as férias inteiras fugindo de mim. O Deco acha que no fundo ela sempre soube. Sei lá, o Deco tem teorias estranhas sobre tudo, mas acho que tinha um fundinho de verdade nessa em particular.

Outro dia, a gente estava jogando video game. Eu não conseguia parar de pensar na Oli. Acho que ele percebeu que tinha alguma coisa errada, porque eu estava realmente brava, socando um muro em um planeta alienígena até quase quebrar a tecla A do controle. Ele olhou para minha cara, sem parar de jogar.

— Você tá... com fome?

— Não — respondi, meio emburrada.

— Ah. Então ainda é aquela coisa toda com a Olívia que...

— A Olívia? A OLÍVIA? TANTO FAZ o que a Olívia faz da vida, se ela quer passar a vida com a Valentina e a Nina, problema DELA.

O Deco deixou escapar uma risada.

— Cara. Você vai mudar de escola! Ela tem direito de fazer umas amigas novas, não acha não?

— NÃO.

Eu soquei o botão uma última vez. Foi o fim da tecla A. O Deco segurou minha mão.

— Fafá. Você tá com muita saudade da Oli, né? Por que você não liga pra ela e resolve tudo isso de uma vez?

Eu suspirei.

— Tô. Mas sei lá. Não quero pensar nisso agora. Acho que quero ficar brava mais um pouquinho.

— Você que manda.

Seguimos jogando, sem tecla A, e eu pedi uma pizza, porque estava começando a ficar com fome, sim, e todo mundo sabe que eu fico insuportável quando estou com fome.

5.

OLÍVIA & ~~FAFÁ~~ ~~VALENTINA~~ ~~FERNANDA~~ ~~NINA~~ TÁBATA PARA SEMPRE

E assim começaram os piores dias da minha vida.

Óbvio que minha mãe brigou comigo e me deixou sem mesada, ou seja, sem poder fazer nada, até o fim das férias. Eu nem tentei convencê-la do contrário. Quase gostei de ter aquela desculpa. Afinal, sair para quê? Qual era o sentido de qualquer coisa? Eu ia ter que me consolar com comida e meia dúzia de séries de TV até o começo das aulas mesmo.

Ai, o começo das aulas. Não queria nem pensar nisso.

A verdade é que, naquele momento, eu não queria nenhuma outra amizade. Eu estava tão, mas tão chateada que não sabia nem se queria a amizade da Fafá de volta. Pela primeira vez, a gente tinha brigado feio. Nunca imaginei que ela pudesse fazer uma coisa dessas comigo. Pior de tudo: eu não conseguia entender a razão de ela querer ir embora e manter segredo por tanto tempo.

Levantei para comer alguma coisa, mas acabei só olhando a geladeira. Fiz um sanduíche rápido e voltei para o quarto. Foi quando ouvi um barulhinho muito familiar.

Abri a porta do escritório e dei com a minha mãe apontando lápis com um apontador elétrico igualzinho ao da Fafá. Foi isso. Comecei a chorar que nem uma criança. Aquele choro feio, alto, que deixa a boca quadrada e faz sair meleca pelo nariz.

Minha mãe botou a chaleira no fogo e pediu para eu contar o que estava acontecendo.

*

Demorou mais do que eu esperava, me enrolei em algumas partes, escondi convenientemente outras, mas minha mãe ouviu tudo. E, no fim, me abraçou. Eu realmente estava precisando de um abraço, viu.

— Ai, Olívia. Eu entendo.

Ela me pegou de surpresa.

— Sério? Então... Vou ganhar minha mesada de volta?

— Não, porque dois mil reais não dão em árvore. Mas eu sei que essa situação com a Fafá não está fácil pra você.

Ela se ajeitou no sofá e soprou a caneca.

— Olha. Vou te falar duas coisas. As duas são verdade, mas vai parecer que uma é o contrário da outra. Mas não são, tá? — Eu fiquei quieta. Ela continuou. — Amigas são superimportantes. Deve ser por isso que eu lembro o nome e o sobrenome de todas as minhas melhores amigas, mesmo as de quando eu tinha seis anos e ainda morava no Ceará. Se não fosse pela Lina Pires e o fogãozinho dela que fazia comida de verdade, eu não ia saber que gosto de cozinhar. Se não fosse pela Fernanda Cruz, lá do ginásio, eu nunca ia saber que odeio acampar. Se não fosse pela Suzana Shizue, eu não teria tido coragem de largar a faculdade de direito e minha vida hoje em dia seria bem mais chata.

Eu me toquei de uma coisa.

— Mas mãe... Hoje em dia você não fala com nenhuma delas.

Ela riu.

— Eu até falo, filha, mas isso me leva ao segundo ponto. Você vai ter muitas amigas na vida. Parece uma tragédia agora, mas não é. Acredita em mim. Você vai ver que tudo se resolve.

É. Não acreditei muito, não.

Minha mãe pegou a carteira e me deu uma nota de vinte reais.

— Olha. Vai tomar um sorvete. Mas aproveita bem, que esses vinte são uma exceção, hein.

Peguei a nota e fui. Sorvete nunca é uma má ideia.

*

Saí com o dinheiro no bolso e uma sensação meio esquisita. Passando pelo posto, pensei em comprar uma água, porque a água da sorveteria é muito cara e sorvete dá sede. Mas assim que me aproximei, vi uma menina de costas, com uma bolsinha de cavalo e uma postura muito familiares. Era a Fernanda de novo! Ou não? Melhor não arriscar. Saí voando e entrei direto na sorveteria, ofegando.

Fui olhar os trocentos sabores disponíveis para me acalmar. Era minha última saída do mês, melhor escolher direito.

— Oi, Val! Posso experimentar esse aqui de pitanga?

Valéria me deu uma pazinha com um pouco de massa laranja e cheirosa. Não era ruim, mas também não era tão maravilhoso.

— Ai, foi mal... Vou querer o de sempre, mesmo.

Ela pôs uma bola de sorvete de paçoca em uma cesta de casquinha, despejou calda quente de chocolate e me deu.

Sentei à mesinha. Na minha frente, estava a Tábata, comendo... Exatamente a mesma coisa. Cesta de casquinha, sorvete de paçoca e calda quente. Ela olhou para o meu e deixou escapar uma risada.

— Pff... Amadora.

Eu me ofendi.

— Tá falando comigo?

Tábata tirou uma banana e uma faquinha de dentro da bolsa.

— Todo mundo sabe que sorvete de paçoca se come com banana. Deixa eu te mostrar.

Não deu nem tempo de responder. Ela levantou e começou a picar a banana com uma faquinha em cima do meu sorvete. Eu protestei. O que ela achava que estava fazendo?

— Ei! Pera aí!

Ela terminou o trabalho com um olhar bem confiante e limpou a faquinha com um guardanapo.

— Vai. Experimenta.

Eu botei a colher na boca. Droga. Sim, ela estava cem por cento certa.

— Huummm.

Ela pegou sua cestinha e veio sentar comigo.

— Fica mais balanceado, né?

Concordei. A gente voltou para nossos sorvetes em silêncio. Cara, que situação estranha. O que será que ela estava pensando? Será que estava me julgando? Eu tinha que saber.

— Você não vai me perguntar o que eu tô fazendo aqui, sozinha, numa quarta-feira à tarde?

A Tábata me olhou como se eu fosse doida.

— Ué, imagino que você tenha vindo tomar sorvete. Tô errada?

Difícil argumentar com aquela lógica.

— Não...

Terminei meu sorvete e ela também. Não tinha ideia de quem era a Tábata, do que ela gostava ou deixava de gostar. A menina era um poço de mistério. Eu sabia que ela estava na nossa turma desde o terceiro ano, mas, fora isso, nada. Como era possível?

Tentei espremer minha memória para ver se lembrava alguma coisa. Ela não era das mais quietas, nem gostava de zoar no fundão. Não era particularmente boa em artes, nem em educação física. Acho que também era bolsista, como eu, mas talvez não.

A Tábata tomou o último restinho do sorvete e falou, como se nada fosse:

— E aí, tá de bobeira? Quer curtir esse fim de férias?

Bom, querer eu queria, né.

— Ih, não sei se vai dar. Sabe, tô sem mesada. Vou gastar meus últimos centavos nesse sorvete e nessa água. Vão sobrar três reais e vinte e cinco centavos.

Ela deu risada.

— Cara. Em primeiro lugar, em que mundo você vive? Eu nunca ganhei mesada na vida. Tem um monte de coisa pra fazer de graça no bairro. E outra: guarda seus vinte reais. Vamos fazer eles renderem. Minha mãe é dona da sorveteria, fica por conta da casa.

A Val, atrás do balcão, deu um joinha para a gente.

Eu tinha medo até de conceber a possibilidade na minha cabeça. Mas... Será que as coisas estavam começando a melhorar?

*

Nunca na vida imaginei que era possível fazer tanta coisa com vinte reais. Na última semana de férias, meus dias foram assim:

DIA 1

Decidimos ir ao Aquário de São Paulo. Era meio longe, mas dava para chegar de metrô, e, por mais incrível que fosse, minha mãe deixou irmos sozinhas, depois que fiz vários acordos com ela e prometi que olharia por onde estava andando. Fomos no dia que era de graça, por razões óbvias, e levamos um isopor gigante com mais de vinte lanches para não passar fome. Porque todo mundo sabe que uma mulher prevenida não reclama, faz.

Tudo certo, até que a gente descobriu que não podia entrar com o isoporzinho. Ninguém era louco de jogar bolo de cenoura e sanduíche de queijo fora, então eu e a Tábata resolvemos comer tudo antes de entrar.

Só que bastou abrir o isopor para uma pequena multidão colar em volta da gente. Aparentemente o preço da cantina do aquário era um absurdo e só tinha pão de queijo murcho e uns lanches sem graça, então o povo pirou nas comidas da minha mãe. Não julgo.

Óbvio que a gente não tinha a menor ideia de quanto ou como cobrar das pessoas. Mas a Tábata foi descobrindo na prática.

— Quanto que é o sanduíche, menina?

— Hã, dois reais.

— Só dois?

— É, é só *doize*, doze reais cada.

De *doize* em *doize*, a gente conseguiu inacreditáveis *doizentos* reais. Não eram os dois mil do computador da minha mãe, mas já era alguma coisa.

Entramos no aquário nos sentindo muito ricas e adultas. De barriga e bolsos cheios, curtimos muito conhecer aqueles peixes todos. E você precisava ver a cara da minha mãe quando dei o bolinho de notas amassadas na mão dela. Mandou que eu nunca mais fizesse aquilo, mas pareceu um pouco orgulhosa.

DIA 2

A Tábata anda de skate e resolveu me ensinar a andar também. Segundo ela, o primeiro passo era ter um *shape* da hora. O *shape* é aquela parte do skate onde a gente põe o pé. A tábua, sei lá. Então a gente foi para a praça com uns sprays, lixas e canetões coloridos para arrumar o skate velho dela, que ia ficar para mim.

Começamos, e os moleques da pista vieram acompanhar. Porém, um casal metido a besta não gostou e chamou os guardinhas. Segundo eles, a gente estava fazendo barulho e sujando a praça.

Não era nem um pouco verdade — estava tudo forrado com jornal e ninguém soltava um pio. Mas tem gente que não pode ver os outros se divertindo, já reparou?

A Tábata escreveu no skate "A PRAÇA É PARA TODOS!", depois o ergueu no ar e começou a marchar em círculos na grama. Os moleques imitaram ela, escrevendo várias coisas legais nos próprios skates. "Aquecimento global é real", "Toda forma de amor vale a pena" e "Eu sei lá o que eu quero".

Começamos um protesto lindo de morrer e o casal foi embora. Foi um dos melhores dias da minha vida. E meu *shape* ficou lindão.

DIA 3

No terceiro dia a gente resolveu ficar sem fazer nada na casa da Tábata. A verdade é que ficar sem fazer nada é a minha coisa preferida, e eu amo demais dias assim. Tem alguma coisa nesse combo de possibilidades infinitas e pressão zero que cai muito bem para a minha alma ansiosa.

A gente ia ver um show no Sesc, mas eu estava meio resfriada e estava chovendo. A casa da Tábata ficava em cima da sorveteria e era meio bagunçada, mas muito legal. Ela tinha dois cachorros e uma irmã pequena, a Alice. Os dois cachorros eram vira-latas, um amarelo e velhinho, o Fubá, e outra branca e peluda, a Belinha. O amarelo não queria sair de cima de um pano de chão encostado na porta da cozinha, mas a branca seguia a gente por todo lado.

Resolvemos fazer brigadeiro. Eu nunca tinha feito, porque minha mãe sempre tinha uns doces chiques em casa e meu pai é diabético. A Tábata já tinha certa prática, mas o dela ficava cheio de pelotinhas e, dessa vez, a gente queria que ficasse perfeito. Ela abriu um vídeo de dois minutos na internet que ensinava tudo. Parecia bem fácil.

Eu peguei uma caixinha de leite condensado e comecei a apresentar um programa de culinária.

— Oi, gente, agora vocês vão aprender a fazer o melhor brigadeiro do mundo! É assim... Mexe bem, pra não empelotar.

A Tábata curtiu e começou a fazer um *beatbox* em cima da minha frase.

— Pra não empelotar/ tem sim que se esforçar/ tem que ter habilidade/ e muita força de vontade/ pra fazer um brigadeiro/ eu não quero seu dinheiro/ só não pode dar errado/ com pelota nem queimado!

Não sei se foi a música ou a vontade de comer brigadeiro, mas nosso doce ficou incrível. A gente pôs num prato para esfriar mais rápido, mas nenhuma das duas conseguiu esperar muito tempo. A gente comeu morno mesmo, com banana picada por cima. Estava perfeito. Sem nenhuma pelotinha.

DIA 4

No dia seguinte, resolvi ficar sozinha em casa, na minha. A Tábata fez a mesma coisa. Arrumei minha coleção de mangá e foi ótimo.

DIA 5

A Tábata foi lá em casa. Era dia de voltar para a casa do meu pai e eu estava feliz, com saudades dele e do computador que não travava a cada cinco minutos.

— Vamos ver uma série?

Eu tive uma ideia.

— Cara, eu vou te mostrar a melhor série de todas. Chama *Lágrimas de sucesso*. É coreana.

Escolhi um episódio bom, em que Kim Sung desistia do próprio casamento para ir a uma reunião de negócios. O que ela não sabia era que a reunião era com seu próprio noivo, que também era concorrente da sua empresa.

Tábata assistiu até o fim sem reclamar.

— E aí? MUITO bom, né?

Ela torceu o nariz.

— Não curti muito.

Eu não pude acreditar naquela reação.

— COMO ASSIM? Você não amou?

— Não entendi nada. Mano, por que ela só não remarcou a reunião? Enfim, sei lá, você sabe que eu prefiro desenho.

— É que... É que a Fafá gosta.

Tábata não ligou muito para a minha justificativa.

— É? Legal.

Jogamos um pouco de video game, mas ficou um climão estranho no ar. Logo ela foi embora.

De noite, fiquei no meu quarto pensando na vida. Me deu uma fossinha. Peguei o celular e fiquei olhando as fotos daquelas férias. Eu ainda tinha noventa fotos de animais ocupando a memória do meu celular. Deletei todas. Parei em uma minha e da Fafá na entrada da feira de animais. Será que eu deletava também?

Não consegui. A foto me deu um aperto gigante. Ninguém poderia substituir a Fafá. Só ela entendia a genialidade de *Lágrimas de sucesso*. Era isso? O fim da nossa amizade? Não. Eu não ia deixar. A gente merecia uma última tentativa. Engoli o orgulho e mandei uma mensagem para ela. Pequena e honesta: Quer fazer alguma coisa amanhã?

Mal apertei ENVIAR, ela respondeu: QUERO! ♥

Fiquei feliz, nervosa e aliviada. Fui guardar o celular no bolso e senti alguma coisa com a ponta dos dedos, um papelzinho dobrado ou algo assim. Puxei para ver o que era, e nossa — não é que a nota de vinte que minha mãe tinha me dado ainda estava ali, inteirinha? É. A Tábata tinha razão. Realmente tinha muita coisa de graça para fazer no bairro. Botei o dinheiro de volta no bolso. Hum. Onde será que eu tinha posto a carteira mesmo?

6.

OLÍVIA, FAFÁ, VALENTINA, FERNANDA, NINA & TÁBATA PARA SEMPRE

Sentei com a Fafá no banquinho da frente da lanchonete. Nós duas estávamos totalmente sem graça. A gente se abraçou, um abraço desengonçado, mas honesto. Ela falou primeiro.

— Ai, Oli. Desculpa.

— Para, Fafá. Eu que devia te pedir desculpas e você sabe.

A Fafá colocou o pés em cima do banco e abraçou os joelhos.

— Cara...

Eu a interrompi na hora.

— Não precisa se explicar, Fafá. Sério, tá tudo bem.

Ela ficou nervosa.

— Não, mas eu quero! Sei lá. Nunca te falei isso antes, Oli, mas eu não queria que você ficasse achando que eu tô mudando de escola por sua causa. Juro, não tem a ver com você. Eu decidi mudar por mim, de verdade. É que... Você sabe, eu sou o tipo de pessoa que ODEIA mudar qualquer coisa na vida. Tipo... Lá na nossa sala, eu nunca sento em outra carteira. E na hora do almoço, sempre peço a mesma coisa.

Verdade. A Fafá sempre senta na terceira fileira, encostada na janela. E a moça da cantina, quando vê a Fafá na fila, já vai esquentando o especial de frango com molho mostarda.

— E daí eu percebi que, se não me forçasse a fazer alguma mudança grande, ia ficar igualzinha a vida toda. E não quero isso. Não quero acordar com trinta anos e pedir especial de frango com mostarda.

Não sei se eu estava pronta para concordar com isso. Não mudar nada fazia parte do jeitinho da Fafá, e minha amiga era perfeita sem tirar nem pôr.

— Fafá, você sabe que não tem nada de errado com o especial de frango, né? É o melhor prato da cantina mesmo.

— É, mas eu quero ERRAR, Oli. Eu quero pedir o x-salada sem queijo. Ou aquela carne à fantasia que ninguém sabe o que tem dentro. Vai que é boa?

— Eu já pedi, é horrível.

Ela botou a mão no meu ombro.

— A questão não é essa. Eu quero descobrir que é horrível por conta própria. E na escola nova vou ter que me obrigar a fazer isso, porque você não vai estar lá pra provar pra mim, nem pra anotar a aula de ciências. Mas em compensação... Eles têm aula de robótica! ROBÓTICA!

Olhei para a cara da Fafá. Como eu suspeitava, ela estava com a mesma expressão de felicidade plena que fazia quando apontava o lápis com o apontador elétrico. Suspirei.

— Olha, Fafá, você não precisa mudar. Você é perfeita assim. Mas eu te entendo. Você vai amar a aula de robótica. E sabe... Não foi totalmente horrível conhecer as outras meninas da sala.

Ela torceu o nariz beeeem pouquinho. Qualquer outra pessoa que não fosse eu nem teria percebido, mas anos de amizade têm dessas coisas, né.

— Ah é, é?

Eu ri.

— Sim! A Tábata é demais, ela conhece todos os rolês de graça do bairro e anda de skate. E você sabia que a Valentina desenha muito? E a Fernanda, gente, ela é tipo uma amazona da vida real... Sabe tudo de cavalo. E mesmo a Nina, você vai ver que ela é bem mais sossegada do que parece, aquele jeitão é só fachada.

Percebi que ela ficou meio triste.

— Só que não vou ver, né?

— Ué. Vai, sim. Você não vai morrer, Fafá. Só vai mudar de escola. Eu sei que é longe, mas, cara, não é outro país. A gente marca de se ver no fim de semana, se fala por mensagem e, por favooor, não desiste das nossas sextas de *Lágrimas de sucesso*.

Pensando nas meninas, não consegui evitar: fiquei meio para baixo.

— E, na real... Nem precisa ficar com ciúmes, Fafá. Eu acho que nenhuma delas vai voltar a olhar na minha cara mesmo.

Dei um pulo do banco. A Fafá também. A gente foi para o caixa da lanchonete, porque estava naquele momento da tarde em que dá uma fominha que só um bom salgado pode matar.

Eu pedi uma coxinha. Ela, um rissole.

Cortamos nossos salgados ao meio e criamos aquela forma perfeita, o símbolo máximo de uma amizade. O que um coxinhole (ou seria risinha?) tinha unido, nenhuma mudança de escola poderia separar.

Propus um brinde de salgados, emocionada.

— Amigas para sempre?

Ela encostou o lanche no meu.

— Amigas para sempre!

Lá fui eu para o meu primeiro dia de aula sem a Oli.

Passei pela fachada limpinha, recém-pintada, e senti um pouco de falta do muro azul e descascado do Vargas. Achei minha classe e sentei, confiante, em uma carteira perto da janela e no meio da sala. Sem dar muito na cara, tentei espiar os outros alunos. Todo mundo parecia limpinho e recém-pintado, igual à fachada da escola.

Passei a mão nos meus materiais novos para ganhar segurança: a agenda que eu tinha escolhido na nossa papelaria preferida, com uma capa linda e laranja, cheia de adesivos, meu estojo com estampa de sushi... Abri o zíper e percebi que meu lápis estava sem ponta. Revirei a mochila, nervosa. Ai. Cadê meu apontador?

Foi quando percebi um barulhinho bem familiar atrás de mim.

Ao me virar, vi que uma menina de cabelo curtinho apontava seus lápis com um apontador elétrico igualzinho ao meu. Acho que ela percebeu minha animação, porque estendeu o objeto para mim, toda contente.

— Quer? Eu te empresto! É tipo o melhor apontador do mundo, você vai amar!

— Eu... SEI!

Lá fui eu para o meu primeiro dia de aula sem a Fafá.

Sabia que isso ia acontecer mais cedo ou mais tarde, mas achei que seria mais fácil. Eu não estava brava com ela, a gente tinha se resolvido de verdade naquela última conversa. Mas a verdade é que voltar às aulas sem minha melhor amiga simplesmente não era a mesma coisa. Encarar aquela mesma fachada azul de sempre, meio descascada, sem a Fafá, estava me dando uma melancolia terrível. Para piorar, caía uma garoa fina e chata, que combinava direitinho com o meu estado de espírito.

Arrastei a mochila por entre as árvores do pátio da escola como quem arrasta o peso da solidão. As meninas do oitavo ano estavam todas contentes com suas melhores amigas, fofocando, animadas, sobre as férias.

Aquela cena me deu dor de estômago. Não só eu teria que encarar aquela escola sem a Fafá, como também tinha estragado todas as minhas chances de ter uma melhor amiga de novo. Então aquele sentimento era mais do que esperado. E a minha vida ia ser um verdadeiro inferno, sem a Fafá e com quatro inimigas mortais. Nenhuma outra opção era possível. E...

Enquanto minha cabeça rodopiava com a perspectiva de um ano de humilhação e solidão, eu senti uma gosminha se mexendo bem perto da minha gola.

Respirei bem fundo e sentei com calma no chão de concreto.

— Olívia Suzuki. Você vai ter que resolver isso sozinha. A Fafá não está mais aqui pra te salvar das lagartas e todo mundo te odeia.

Peguei um galho de árvore do chão e cutuquei a... SIM, A LAGARTA, não adiantava mais tentar esconder a realidade. Cutuquei a lagarta, na tentativa de fazê-la desgrudar aqueles dedos de *slime* de mim. Só que a gosma caiu dentro da minha camiseta, e não fora.

Enquanto eu sentia a morte se aproximar e via tudo ficar escuro ao meu redor, ouvi a voz de um anjo.

— Olívia? Você tá bem?

Era a Valentina.

— Alguém ajuda ela!

E a Fernanda.

— Mano do céu, tem uma lagarta ali, tira, vai ver a mina é alérgica!

E a Nina.

E daí eu senti alguém dar um peteleco na gosma e pronto — eu estava livre. Abri os olhos e vi a Tábata ajoelhada do meu lado.

— AMIGA, você me assustou! Não faz mais isso!

Eu segurei as mãos da Tábata com as minhas, geladas.

— ... Amiga?

Ela fez que sim, com cara de quem não estava entendendo nada.

Olha, vale a pena aguentar uma lagarta ou duas se você quiser ganhar umas amigas novas, viu.

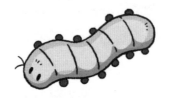

Mais tarde, no recreio, o grupo mais improvável de todos se reunia ao redor de mim, na cantina. Valentina, Tábata, Fernanda e Nina.

Resolvi contar a história inteira para elas, porque decidi que nunca mais na vida ia esconder nada de ninguém. Dava muito trabalho. Quem quisesse ser minha amiga ia ter que comprar o pacote completo, com as minhas loucuras e tudo. E olha, aparentemente foi uma boa escolha. Todo mundo riu muito, como se a gente fosse amiga desde sempre.

Será que elas estavam rindo da minha cara? Podia ser, mas era um preço que eu estava disposta a pagar. E se, depois disso, eu morresse igual ao coelho do filme, morreria em paz com a minha escolha.

— Cara, você fez tudo isso pela gente?

A Tábata ria, sem acreditar.

Eu concordei com a cabeça.

— Pior que sim.

A Valentina olhou pra mim.

— Achei da hora. Respeito. Mas, cara, aproveitando que você tá aqui...

Ela remexeu a mochila e me entregou uma... carteira. A minha carteira.

— Toma. Eu passei AS FÉRIAS INTEIRAS tentando te entregar isso aqui. Até liguei pro telefone fixo da sua mãe, achei o número no cartão dela aí dentro. Mas, na moral, ninguém mais tem fixo, avisa sua mãe que ela já pode cancelar essa linha.

Ahhh, então era por isso que ela estava atrás de mim. Olha, em minha defesa, quando a gente não tem NENHUM dinheiro, é difícil sentir falta da carteira. Aproveitei o gancho para tirar uma curiosidade a limpo:

— Fernanda, foi impressão minha ou a gente se viu várias vezes assim, de relance e tal? Pelo bairro? Em todo lugar eu te via passando.

A Fernanda fez cara de quem não tinha ideia do que eu estava falando.

— Hã... Não? Depois da feira eu fui direto pro sítio e voltei de lá ontem. Toma cuidado com a sua imaginação, cara.

A Nina se adiantou, abanando as mãos ao ver a culpa nos meus olhos.

— Nem vem. Desnecessário. Se você me pedir desculpas, eu vou vomitar. Tenho alergia a drama. Tá tudo certo, falou? Só me arranja mais daqueles sanduíches lá da sua mãe e não se fala mais nisso.

Agora só faltava a Tábata. Eu respirei fundo.

— Tábata... Você me perdoa? Você é perfeita do jeito que é. Foi besteira minha achar que você tinha que gostar de tudo que eu gosto. Ou que a Fafá gosta. Enfim. Foi mal.

Ela olhou bem dentro dos meus olhos.

— Não.

Eu abaixei a cabeça. Já esperava aquilo mesmo. Ok, eu merecia. Já ia começar a chorar quando ouvi a risada de porquinho da Tábata.

— Óbvio que sim, sua doida!

Abri um sorrisão e abracei a Tábata. Ela era tão legal!

E, olha, a verdade é que eu podia ser doida que nem a Tábata dizia, mas era uma ótima amiga. Aquele grupão de meninas incríveis tinha o maior potencial de amizade que eu já tinha visto na vida. E todo mundo sabe que uma mulher prevenida não espera, faz.

As meninas já estavam começando a dispersar quando eu tomei a dianteira e reuni todas de novo.

— Ei, bora fazer alguma coisa hoje à tarde?

Uma a uma, as várias cabecinhas foram concordando.

— Tá.

— Eu não tenho treino hoje.

— Também não tenho nada marcado com a Vênus.

— Bora?

Impressão minha ou estavam todas meio empolgadas? A Tábata olhou para mim, um pouquinho intrigada.

— Beleza. Mas... O que a gente vai fazer?

Eu tinha algumas ideias. Só naquele mês, a gente fez:

- Um mutirão para pintar o quarto da Valentina de preto e cobrir aquela faixa rosa para sempre.
- Um dia de princesa para a Vênus de Fogo, com direito a banho de brilho e esmaltação.
- Um time de vôlei para jogar na pracinha, com uniforme e tudo.
- Um grupo de skate só de minas.

Eu ainda falo bastante com a Fafá, mas a verdade é que, agora, em vez de uma melhor amiga, tenho cinco. E pelas minhas novas amigas, eu aguentaria um balde de lagartas no cabelo. Vai, pode jogar, universo!

AGRADECIMENTOS

Agradeço imensamente a leitura atenta de Gustavo Suzuki, Juliana Capelini e Renata Kochen. E a Tainá Muhringer, que sublimou sua fobia de lagartas para checar se uma passagem estava realista.

SOBRE A AUTORA

JANAINA TOKITAKA nasceu em São Paulo, em 1986, e é bacharela em artes plásticas pela USP. Além de escrever e ilustrar para crianças e adolescentes, é roteirista de televisão. Já publicou *Pedro vira porco-espinho* (Jujuba, 2017) e *ABCDelas* (Companhia das Letrinhas, 2019), entre outros títulos. Escreveu as animações *Oswaldo* e *Clube da Anittinha*, entre outras.

SOBRE O ILUSTRADOR

FITS é um ilustrador e animador carioca, formado em design pela PUC-Rio. Atualmente trabalha como diretor de animação em São Paulo, tendo participado de séries como *Turma da Mônica* e *Clube da Anittinha*.

ENTREVISTA COM A AUTORA

1. *Se, por algum motivo, você não tivesse uma amiga por perto para formar o seu coxinhole/ risinha, o que você escolheria: coxinha ou rissole? Justifique sua resposta.*

Eu não gosto de arriscar, então vou de coxinha. Rissole é um salgado muito imprevisível, não dá pra saber direito qual recheio ele vai ter, a proporção de massa, se ele foi frito na noite anterior e requentado no micro-ondas... A coxinha geralmente é mais confiável. Mas minhas melhores amigas sempre foram time rissole: gente que arrisca, que já sai mordendo o salgado sem nem saber se o recheio é de queijo, escarola ou calabresa. Eu admiro muito essas pessoas, mas não consigo ser assim.

2. *Qual é a sua formação, e quando você decidiu que queria ser escritora?*

Eu sou formada em artes plásticas, mas fiz cursos de roteiro, literatura etc. Acho que decidi que queria ser escritora quando vi que não tinha outro jeito. Gosto muito de histórias e, se não trabalhasse com elas, seria muito infeliz!

3. *Dos dramas de Oli até o conselho de sua mãe, a amizade é o tema central do livro. Por que você decidiu escrever sobre esse assunto?*

Porque acho que a gente pensa que as relações românticas são as mais importantes que existem, mas no fundo não acredito muito nisso. Eu tenho amigas que são tão presentes quanto membros da minha família, estão sempre aqui pra me dar apoio, contar piadas, dividir a vida... Por que não escrever sobre elas? Afinal, amizades também dão trabalho, mudam, podem ser superdramáticas, tudo aquilo que dá material para um bom livro, filme ou série. Acredito que a gente pode torcer pela amizade das duas meninas do livro assim como poderíamos torcer para um casal ficar junto no fim de uma comédia romântica!

4. *Para você, qual é o inseto mais assustador que existe, que te mata por dentro como as lagartas fazem com Oli?*

Ao contrário da Oli, adoro insetos e acho lagartas até bonitas. O único inseto que eu não tolero de maneira alguma é o pernilongo. O zumbido é irritante, eu sou superalérgica e sempre fico na dúvida se não estou pegando dengue, zika ou chikungunya com aquela picada incômoda.

5 . *Que conselho você daria para uma jovem leitora que, como Fafá, está passando — ou precisando passar — por uma grande mudança na vida?*

É um conselho inútil porque ninguém quer ouvir isso quando é adolescente (eu mesma acho que ainda não consegui aprender muito bem), mas é importante entender que as coisas sempre mudam. Não adianta tentar impedir. Não tem jeito, a vida não fica igualzinha pra sempre... O que, na verdade, é muito bom! E dá medo, eu sei, mas no geral tudo se resolve e o sofrimento é só um período de ajuste. Uma coisa que eu sempre penso quando estou no meio de alguma crise é que todos os meus problemas parecem menores com o passar do tempo. Eu nem lembro mais o nome do professor de química que me fez chorar no ensino médio, por exemplo. (Mentira, o nome dele é Divino.)

6 . *Tanto Oli quanto Fafá se inspiram no K-drama fictício* Lágrimas de sucesso *para ter coragem em determinadas situações. Você também é fã de novelas coreanas? Quais são as suas favoritas?*

Mas é claro que sou! Eu ADORO a protagonista de *Tudo bem não ser normal*, uma escritora de livros infantis meio sociopata, mas no fundo boa pessoa. Outras excelentes são *Vincenzo* e *Pousando no amor*.

7. *Você se lembra de qual era a tradição mais legal que você e sua melhor amiga (ou melhores amigas!) da adolescência mantinham?*

Nossa, eu tinha várias tradições estranhíssimas. Uma vez, eu e uma amiga combinamos que ela tinha que usar azul e eu, cor-de-rosa para TODO SEMPRE. Até hoje, quando uso azul, fico meio angustiada porque é "a cor dela". Eu tinha mania de dividir um saco de balas japonesas uuultra-azedas (daquelas que chegam a doer o maxilar e dar afta de tão ácidas) com outra amiga, e hoje em dia quando vejo essas balas em alguma lojinha da liberdade, lembro dela imediatamente. Já outra amiga, a Julia, eu tinha mania de chamar de Julião (ela me chamava de Janão) e, bom, até hoje eu não consigo chamar ela de outra coisa.

8. *Quais livros sobre amizade você recomenda para jovens leitores que amaram* Oli procura uma (nova) melhor amiga?

Dos clássicos, recomendo *Anne de Green Gables*, de L. M. Montgomery, por Anne e sua melhor amiga

Diana, e *Mulherzinhas* (porque irmãs podem ser amigas, sim!). Dos nacionais, *Arlindo*, porque poder falar "a gente se tem" para um amigo é a coisa mais poderosa do universo.

9. *Se as pessoas quiserem te seguir nas redes sociais, onde elas podem te encontrar?*

No instagram (@jtokitaka) onde posto muitas fotos de gato e conselhos para quem quer escrever e ilustrar.

10. *Para terminar, qual é a sua combinação de sorvete favorita?*

Infelizmente (mesmo) eu não posso comer muito doce por questões de saúde. Então, quando decido tomar sorvete, para não errar, peço quase sempre a mesma combinação, que para mim é perfeita: coco (daqueles com lascas grandes) + limão (o mais azedo possível).

1ª EDIÇÃO [2021] 1 reimpressão

ESTA OBRA FOI COMPOSTA POR CLAUDIA ESPÍNOLA DE CARVALHO EM FREIGHT TEXT BOOK E IMPRESSA PELA GRÁFICA BARTIRA EM OFSETE SOBRE PAPEL PÓLEN BOLD DA SUZANO S.A. PARA A EDITORA SCHWARCZ EM MARÇO DE 2025

A marca FSC® é a garantia de que a madeira utilizada na fabricação do papel deste livro provém de florestas que foram gerenciadas de maneira ambientalmente correta, socialmente justa e economicamente viável, além de outras fontes de origem controlada.